스치듯 인연에서 동반까지

뱅크북

스치듯 인연에서 동반까지

1.
눈만 감아도 떠오르는 인연이 있습니다.

어쩜 그 동안 수도 없이
옷깃을 스쳤을지도 모를,
그저 모르는 남남으로 눈길 한번
주지 않았을지도 모를 나의 반쪽 그가
어느 날 내게 특별한 의미로 다가오는 것.

인연의 시작입니다
지나는 바람에도 알 수 없는
설레임이 깃들고,
기다림의 창턱에 앉아 목을 길게 빼면
알 수 없는 떨림에
괜스레 두 눈이 젖어오는 것.

누구는 사랑이라고도 하고
더러는 지독한 아픔의 시작이라고도 하는
가슴 어디쯤 폭풍 같은 혼돈으로 눈뜨는

또 다른 나와의 만남.

아- 그대와 난
너무도 고달프고 힘겨운 세상에
서로 애착하고 의미를 부여하며
죽는 날까지 오직 한 길만을 가야하는
영원한 동반자입니다.

2.
아프게 기다리던 인연이
어느 날 내 앞에 우뚝 다가왔을 때
우린 적잖이 놀라고 당혹스러워합니다

그러다 어느 순간 모든 미래의 상념들이
그의 존재 없이는 단 한 마디도
이을 수 없을 정도로
그 인연이 자신의 삶을 지배하게 됩니다.
그의 몸짓하나, 미소하나, 숨결하나가
절대 의미가 되어 자신을 옭아매게 되고,

스스로 그런 얽매임이 좋아지게 되는 것.
'사랑'의 확신입니다.
누구의 영혼에 자신의 전 가치를 걸어도 좋을,
그를 받아들임으로써
설사 살을 저미는 고통이 있을지라도
그 고통을 기쁨의 눈물로 적시며 집착할
그런 나 자신과 만나게 되는 것입니다.
그래서 그 선택에 소망과 노력과 책임을
다 걸 수 있는 사랑이 있다는 것을
깨닫게 되는 것입니다.

3.
미루나무 꼭대기에 걸린
한 줄기 바람의 미동에도 눈물짓는 우린
한 소절의 고독한 노래입니다
저마다 하나씩의 인연을 애타게 기다리며,
그 불확실성에 자신의 전부를 거는
무모한 목숨들입니다.
지치도록 달려가 사랑한다 말하고,

때론 인연이 아니어서
떠벅떠벅 되돌아오는 어깨에
노을 빛 상처만
하나 가득 이고 오면서도
한 번의 파도가 지워버리면 그만인 그곳에
고집스럽게 사랑의 흔적 남기려하는
바보 같은 인연들...

아- 내 인생의 가장 행복한 순간을
이제 당신과 함께 하고 싶습니다.

4.
내 진정 기다리던 인연을 만났을 때
반가움보다 심장이 먼저 뛰는 것은
아마도 '이별'이라는 진한 아픔 속에서
너무도 오랜 세월동안 안으로 피 흘리며
내 인연을 찾아 헤맸던 까닭일 것입니다.

사랑합니다.

한 백 번쯤 외치고 나서
까무러치는 한이 있더라도
이제 나의 인연 당신을 찾아가
패랭이꽃 한 다발 안겨주며
따지듯 말하고 싶습니다.

왜 이제야 내 앞에 나타났냐고...

5.
흔들려서는 안 됩니다
설사 세상이 모질게 후려쳐도
후려치는 그 손을 위해 기도해야합니다

스치듯 인연이 동반의 길로 이어지기 위해선
이른 아침부터 별 돋는 저녁 무렵까지
내내 서로의 가슴을 미안함으로 물들일지라도
끝내는 서로의 심연 깊숙한 곳까지 흘러 들어가
먼 훗날까지 시나브로 함께 할

진실 된 눈빛으로 하나가 되어야합니다

그 삶의 여정이
아무리 험난하고 위태하다 할지라도
이제 하나가 아닌 둘이기에
결코 그 어떤 시련에도 흔들리지 않는
견고한 믿음으로 영원히 함께
나아가야 하는 것입니다.

6.
진실로 살아있다는 것과

진실로 누군가를 사랑한다는 것은
참으로 아름다운 것입니다
하지만 지키지 못하는 사랑은
시작도 아니한 것만 못한 것.
할 수만 있다면
저 아름다운 인연을 지키기 위해

핏대를 세우며 세상과 싸워야합니다
사랑하는 사람이 상처받고 아파하면
이가 시리도록 추운 날
하얀 눈길을 맨발로 달려가
영혼 모서리에 따뜻한 모닥불 지펴 줘야합니다.

이제 사랑은 그저 바라봄이 아닌
누군가의 말씀처럼,
'사랑하므로 아무리 멀리 있다하여도
기필코 서로에게 닿는 유일한 길'이어야
하는 것입니다.

7.
때론 특별한 이유도 없이
손톱을 세우며 앙칼지게 싸우기도 하고,
무심코 던진 한마디의 말로
서로의 가슴에 비수를 꽂을지라도
한번 사랑을 받아들였던 가슴으로는
늘 깨어 서로를 위해 쉼 없이 기도해야합니다

저 흩날리는 빗줄기마다
저 창가에 내리는 눈송이마다
사랑의 기원을 빌어야합니다

인연의 끈은 하늘 문이 수십 억 번도 더
열리고 닫혀야 만이 겨우 한번 맞닿는 것.

이제 우리는 그저 한 세상에
존재한다는 그 자체만으로
그대로 영혼에 새겨지는
그리움이어야 합니다.

훗날, 남남이란 이름으로 헤어지더라도
추억이 아닌 사랑을 가슴에 간직하고
떠날 수 있어 행복한
착한 인연이 되어야 하는 것입니다.

8.
아득히 먼 거리에 있는 두 개의 섬이

인연의 끈으로 맞닿아
한 인간의 삶 깊숙한 곳에
도달하기 위해서는
높은 산에 오르기 위해
낮은 여러 개의 봉우리를 넘어야 하듯,
숱한 오해의 숲과 불신의 숲을
수도 없이 헤쳐 나가며
부단히도 노력하고 인내해야합니다

그러한 시련과 고통을 잘 이겨냈을 때만이
욕심에 눈 먼 그런 삶이 아니라
인격을 바탕으로 성숙한
참으로 오묘하고 놀라운 사랑의 기적을
체험할 수 있는 것입니다

참다운 인생에는 고생이 따르고
진정한 우정은 믿음이 있으며
진실한 사랑에는 눈물이 있듯,
하늘이 가진 것이 별이라면

인간이 가진 것은
오직 사랑 하나뿐이라는 것을
이젠 명심해야 할 것입니다.

9.
우리의 젊음은 눈부시도록 아름답습니다
하지만 그 젊음이 영원한 것은 아닙니다
우리의 사랑도 마찬가지입니다
만나면 헤어지는 것이 세상의 이치이듯
서로 가고자 하는 길이 달라
남남이라는 이름으로
이별을 말할 수도 있는 것입니다.
하지만 어디 누군가를 만나고 헤어지는 것이
생각처럼 그리 쉽고 간단한 일입니까.

시간마저 닫혀버린 까만 밤.
이제 떠난 사람을 원망하고 미워하며
홀로 어둠 속에 일어나
목 놓아 울기보다는

이별도 삶의 한 과정이며
그것이 새로운 시작을 의미한다는 것임을
알아야 합니다.

전혀 예측할 수 없었던 일들 앞에서
순간 적잖이 놀라고 당황하지만
세상에 뿌리치지 못할
아픔은 없는 것입니다
오히려 그 모든 것들을 바탕으로
더욱 값진 인연과
사랑을 받아들이게 되고
한층 의연하고 성숙한
자신과 만난다는 것을
깨달아야 할 것입니다.

우린 지금 이별을 하고 있는 것이 아닙니다.
진짜 내 인연을 만나기 위해
그저 잠시 스쳐 지나가고 있을 뿐...

차 례

차 례

차 례

차이점

여자친구와 함께 있으면
시간이 천천히 가는데
당신과 함께 있으면
하루 24시간이 한 시간보다
더 짧게만 느껴져

여자친구들 앞에선
예쁜 꽃 보면 그냥 지나치지만
당신 앞에선 몰래 꺾어서라도
가슴에 안겨주고 싶어

여자친구들 앞에선 눈내리면
눈싸움을 하고 싶지만
당신 앞에선 그 위에
'널 사랑해'라고 쓰고 싶어

여자친구들 앞에선
짓궂게 웃으며 장난치지만
당신 앞에선 고개만 들어도
얼굴이 붉어져

여자친구들 앞에선
감동적인 영화를 봐도
별 느낌이 없는데
당신 앞에선 주말 드라마만
같이 봐도 가슴이 짠해져

여자친구들은 용돈이
궁할 때 생각나지만
당신은 좋은 것만 보면
선물로 사주고 싶어 생각나.

여자친구가 다른 남자와
팔짱을 끼고 가면
아무런 느낌이 없는데
당신은 잠시 딴 눈만 팔아도
샘이 나고 외로워

여자친구가 울고 있으면
위로를 하게 되지만
당신이 울고 있으면

나도 어느새 같이 울고 있어

여자친구는 고독한 가을에
가끔 생각나지만
당신은 내가 힘들거나 슬픈 계절에
더 많이 생각 나

여자친구는 눈으로 먼저 느끼고
당신은 늘 가슴으로 먼저 느끼게 돼

그래서 여자친구들은 어느 날
내 눈에서 멀어져 버리면 그만이지만
당신은 내가 아무리 두 눈을
질끈 감아버려도
가슴에서 은은하게 울리는 종이 되어
두고두고 날 행복하게 만들어.

당신 사랑해...

짝사랑에서 제일 중요한 것

그건 인내예요.
참고 기다리는 거...

당신을 좋게 말하지 말라. 그러면 당신은 신뢰할 수 없는 사람이 될 것이다.
또 당신을 나쁘게 말하지 말라. 그러면 당신은 당신이 말한 그대로 취급받
을 것이다. -루소-

파랑새

어느 날 우연히
한 마리 파랑새를 보았습니다.
너무도 아름다워서
무작정 파랑새를 좇아갔습니다.
몇 개의 험한 산을 힘겹게 넘기도 하고
수많은 강물을 헤엄쳐 건널 때
파랑새 좇는 일을 포기하고 싶었지만
파랑새의 아름다움은
나의 모든 고통을 기쁨으로 만들기에
충분했습니다.

어느 낯선 들판에서
감미롭게 노래 부르던 파랑새를 보는 순간
나는 욕심이 생겼습니다.
내 곁에서 나만을 위하여 노래 부르는
아름다운 파랑새를 상상했습니다.

나는 파랑새를 잡아서
내 집에 있는 새장에 가두어 버렸습니다.

파랑새는 노래를 불렀지만
슬픈 노래뿐이었습니다

파랑새는 시름시름 야위어만 갔습니다.
따스한 물을 주고 맛있는 먹이를 주었지만
새장 안에서 온몸이 피가 나도록
요동을 치며 울다가 끝내
어느 날 아침 파랑새는 죽었습니다.

파랑새의 자유를 빼앗는 것은
그의 날개를 꺾는 것입니다.
사랑은 사랑하는 사람이
자신을 위하여 희생당하기를
바라는 것이 아니라
사랑하는 사람을 위하여
자신이 희생당하기를 원하는 것입니다.

당신이 준비한 식사를 먹고...
당신이 낳아준 아이가 날더러
아빠라 부를 것을 상상하며
나 혼자 얼마나 행복했었는데...
하지만... 지금은 눈물뿐이야.
아직도... 당신이 보고만 싶을 뿐이야.
언젠가 당신이 내게
양복을 입지 않는다고...
넥타이 한번 매는 거
보지 못했다고 말했었지
그때 당신에게 나 많이 서운했어
내 그대로의 모습을 사랑하지 않는다는
생각이 들었거든
하지만 지금은 양복을 입어
넥타이도 아주 능숙하게 잘 매
누가 입으라고 하지 않지만
나, 매일 같이 입고 당신과 자주 가던
그 카페, 그 거리, 그 공원 벤치,
그 바닷가 찾아 가
당신이 보고 싶어 했기에...
그러면서 또 울어.

나 자신에게 화도 나
내가 먼저 시작하지도 않았는데
너는 내 것이라고
당신이 먼저 말했잖아

그래서 믿었는데...
내가 당신 것이라고...
그런데... 난 당신 것이 되지 않았어
다른 땐 그래도 그럭저럭 괜찮은데...
명절 때만 되면 당신 생각 많이 나

당신 사랑했음을 알았을 때
당신을 내 가족들에게, 친구들에게
소개시켜 주고 싶었거든.
당신이 부쳐주는 전을 먹기도 하고
부모님께 나란히 세배도 올리고...
그러고 싶었고...
그렇게 되리라고 생각했기에...
난 곧 찾아올 명절을 기다리며
그 어느 해보다 많이 행복해 했었는데...
당신이 빨래해 준 옷을 입고...

후부터 단 하루도 웃어본 적이 없다.

그 애를 위해 무엇인가를 해주고 싶은데...

그 애가 날 싫어하는 것 같아 그저 멀리서 지켜만 보고 있다.

비오는 날에는 비 맞지 않게 뒤에서 몰래 우산을 씌워주고, 눈이 오면 미끄럽지 않게 그 앞길을 치워주고, 그 앨 보고 놀리는 놈들이 있으며 혼내 주고...혼자 숨어서 울고 있으면 같이 울어줄 뿐이다.

그 애가 날 싫어해도 좋으니까

하루라도 빨리 예전처럼 씩씩한 모습을 되찾았으면 좋겠다.

<그 소녀>

난 가을을 좋아한다.

아마도 코스모스 때문인 것 같다.

아무리 속상한 일이 있더라도 시원한 가을 향기를 맡으면서 코스모스가 활짝 핀 들녘을 서있으면 그렇게 행복할 수가 없었는데...

지금은 그럴 수가 없다.

시력이 점점 더 떨어져 들녘에 코스모스가 피어 있는지조차 알 수 없다.

가을이면 학교 오 갈 때마다 신작로 길 가장자리에서 만날 수 있었던 코스모스도 아스팔트길이 들어서면서부터 그나마 더는 만날 수가 없다.

아, 하나님이 내게서 소중한 모든 것들을 하나 둘씩 다 앗아가 버리는 느낌이다.

<그 아이>

난 가을이 싫다.

우리 엄마가 가을에 죽었기 때문이다.

그런데 그 애는 가을을 좋아하는 것 같다.

전에도 보니까 학교에도 안가고 길바닥에 쪼그려 앉아 하루 종일 코스모스와 무슨 이야기인가를 주고받는 것 같았다.

가끔은 노래도 불러주고...

예쁘다고 쓰다듬어 주기도 하고...

코끝으로 향기를 맡아보기도 하면서...

아, 내가 만약 코스모스였다면 얼마나 좋을
까... 얼마나 행복할까...

<그 소녀>

결국 학교 다니는 걸 포기했다. 하루하루가
매일 지옥만 같다. 죽고 싶다는 생각밖에 안
든다. 계속되는 자살실패와 그로 인한 우울증
은 나뿐만 아니라 부모님들까지 지치게 만들
고 있다.

아, 이제 내게 더 이상의 희망은 없는 것인
가. 이대로 절망을 끌어안은 채 생을 마감해
야 한단 말인가. 무섭다. 숨을 쉬고 있다는
그 자체가...

<그 아이>

그 애가 이제 학교에도 안 나오고 집안에
서만 꼭꼭 숨어 지내고 있다.

그런 그 애만 생각하면 가슴이 너무 아프다. 눈물이 자꾸만 나오려 한다.

깊은 절망감과 원망감 속에서 살아가고 있을 그 애에게 세상이 얼마나 아름답고 따스한 곳인지 느끼게 하고 싶다. 그런데...

<그 소녀>

오늘 아침 아주 반가운 향기가 코끝을 자극했다. 그 향기에 취해 근 반 년여 만에 처음으로 집밖으로 나가 보았다.

햇살이 눈부시다.

비록 앞이 보이지는 않았지만 아주 많은 코스모스가 우리 집 담벼락 아래 활짝 피어 있다는 것을 그 향기와 느낌만으로도 알 수가 있었다. 이런, 너무 반가워서 눈물이 다 나오려 한다.

<그 아이>

그 애의 집 담벼락 아래에 몰래 코스모스 씨를 뿌리고 가꾸기 시작한지 벌써 5년째다.

무엇보다도 그 애가 좋아해서 기분이 참 좋다.

전엔 일절 집밖으로 나오지 않던 그 애가 이젠 매일 나와서 지낸다.

기분이 좋은지 가끔은 지나는 사람들과 가볍게 인사 나누기도 하고, 강아지와 장난치기도 한다. 그리고...

언제부터인가는 그녀의 집에서 바이올린의 선율소리도 들려나온다.

이제 그녀도 살고 싶은가 보다.

<그 소녀>

안구기증자가 나타나는 바람에 그토록 애타게 소망하던 각막 이식수술까지도 받을 수 있게 되었다.

한동안 포기했던 바이올린 연주도 다시 시작했는데, 운이 좋았는지 특기생으로 대학에

들어갈 수 있게 되었다.

그 동안의 불행을 보상이라도 해주듯 요즘은 좋은 일들만 계속해서 생기는 것 같다.

그리고 무엇보다도 날 기쁘고 설레게 만드는 것은 사랑하는 사람이 생겼다는 것이다.

이 세상에서 가장 근사하고 멋진...

<그 아이>

오늘은 그 애가 결혼식 하는 날이다.

하얀 드레스 입은 그 애의 모습을 꼬옥 한 번 보고 싶었는데... 이제 그럴 수가 없다.

그래도 너무 행복하다. 10년이 넘는 세월동안 그저 보이지 않는 곳에서 그 애의 모습을 훔쳐보기만 했을 뿐, 아직 말 한번 붙여보지 못했지만 그 애처럼 사랑스런 여자를 알게 돼서 얼마나 감사하고 고마운지 모르겠다.

그런데 왜 이렇게 눈물이 자꾸만 나오는 걸까... 바보처럼...

<그 소녀>

　지금 딸아이와 함께 집 근처에 있는 코스
모스 동산에 나와 있다.

　내가 처음 이사 왔을 때만 하더라도 그저
작은 공터에 불과했던 곳인데... 언제부터인가
매년 가을이면 이상하게 코스모스로 물결을
이루고 있는 곳이다.

　마치 누군가가 날 위해 코스모스를 몰래
심어 놓기라도 한 것처럼...

　사는 게 힘들거나 지칠 때마다 가끔씩 들
리는데, 늘 그렇게 마음이 편하고 위안이 될
수가 없다.

　차암... 그 아이... 그동안 까마득히 잊고 지
내던 그 바보 같은 벙어리 아인... 지금쯤 어
디에서 무얼 하며 지내고 있을까?

　후~ 날 보면 무엇이 그리도 좋은지 얼굴이
금세 홍시처럼 빨개지곤 했었는데...

<그 아이>

지금쯤이면 내가 그 애를 위해 만들어 놓은 동산에 또다시 코스모스 물결이 한창이겠지...

부디 그곳이 그 애에게 있어 교회 같은 안식처가 되어주었으면... 그래서 그 애가 사는 게 힘들거나 고달플 때 가끔씩이나마 그곳에 들러 찾아 작은 휴식과 위안을 얻을 수만 있다면 얼마나 좋을까...

차암... 그 애는 아직도 내가 벙어리인 줄 알까?

하하~ 사실은 그게 아닌데...

그 애를 보면 너무 좋아서 그 동안 아무 말도 못했던 것뿐인데...

<그 소녀>

그 동안 보이지 않는 곳에서 날 지켜주던 무엇인가가 홀연히 사라진 느낌이다.

그러고 보니 언제부터인가 코스모스를 볼 수가 없다.

코스모스가 피지도 않는다. 더는...

<그 아이>

그 애 곁을 떠나야 될 때가 온 것 같다.
이제 나 없이도 행복한 그 애니까...
마음이 아프다.
이제 그 애를 다시 볼 수 없음보다, 이제
내가 그 애를 위해 더는 해줄 것이 없다는
것이...
그래도 내 두 눈이 늘 그 애와 함께 있어,
그 애의 앞날을 밝은 빛으로 비춰줄 수 있
으니 얼마나 다행인가...
하~ 그 애는 지금쯤 알까?
내가 그 애를 얼마나 많이 좋아했었는지...

왜목마을1

바다야.
진짜 그럴까?
꽃잎 따서 편지하듯
내 맘을 물위에 띄워 보내면
그가 있는 그곳에 닿을까?
내 마음 그에게 전해져
눈길이라도 한번 주려할까?
난 그냥 그가 좋기만 한데
그는 왜 내게서
멀어지려고만 하는지...

인생을 자신의 뜻대로 살 수 있는 것이야말로단 하나의 성공이
다. -몰리-

왜목마을2

바다야.
넌 아니?
난 그 사람 생각하면
가슴 아파 미칠 것만 같은데
그는 왜 날 보면
꽃처럼 웃기만 하는지

램프가 타고 있는 동안 인생을 즐겨라.시들기 전에 장미를 꺾어
라. -우스테리-

왜목마을3

아무런 준비도 없이
어느 날 문득
사랑을 배워버린
왜목마을 앞 바다.

무엇이 그리도 부끄러운지
낮엔 죄인처럼 잔뜩 고개 떨구고,
밤 되면 밤새 누군가에게 편지를 쓴다

단 한 번도 보내지 못하는
그런 바보스런 편지를...

고뇌를 거치지 않고는 행복을 파악할 수 없습니다. 황금이 불에
의해 정제되는 것처럼 이상도 고뇌를 거침으로써 순화되는 것이
다. 천상의 왕국은 노력에 의해 얻어지는 것이다. -도스토예프
스키-

왜목마을4

바다는 눈물로
사랑하는 이의 동정을 사지 않고
자신의 행복을 위해
사랑을 이용하지 않는다
이해를 구하지 않으며
자랑하지도 않는다

그저 묵묵한 침묵으로
사랑하는 이가 바라보는
저 고독한 섬을
자신도 가만히
바라만 보고 있을 뿐...

남에게 의지하면 실망하는 수가 많다. 새는 자기의 날개로 날고
있다. 따라서 사람도 스스로 자기의 날개로 날아야 한다. -르낭

왜목마을5

사랑에 목이 미어지는 날이면
바다 저 멀리 수평선 끝에 걸려있는 깃발이
하늘빛 스카프처럼 바람에 흩날린다

한 사람만을 사랑한 왜목마을 앞 바다가
이 바람 많은 세상에 홀로 남겨진 자신을
잊지 말아 달라고 애원하는 것처럼...
당신의 깊디깊은 한 곳에
바다의 스카프가 흩날리게 허락해 달라는 것
처럼...

바다의 슬픔이 클수록
수평선 저 끝에 있는 깃발은
더욱 세차게 바람에 흩날린다.

스치듯 인연에서 동반까지1

우린 누구나 인연을 기다리면서도
그 인연이 어떤 모습으로 찾아올까
늘 두려워합니다.

잠시 생각하는 그 자체만으로도
머리 한 구석이 조금은 막연하면서
설레는 우리네 인연...

겸허하게 받아들여야합니다
설령 그 인연으로 인해 상처를 받고
아픔을 당하게 될지라도
그 인연과 만나
술 한잔 같이 하는 것입니다.
실연을 당하면 어떻습니까?
내 인연이 아니어서
다시 남남이란 이름으로
헤어지면 좀 어떻습니까?

이 외진 세상에서
내가 그에게 하나의 의미가 되고
그에게 내가 조금은 특별한 의미로
기억된다는 그 사실만으로도
이 세상에서 가장 값진
선물이 되는 것을.

이루어질 수 있는
인연이 아니어도 좋습니다
그저 내 반쪽을 기다리는
희망만 있으면 되는 거,
그게 바로
참 인연의 시작인 것입니다.

스치듯 인연에서 동반까지2

우리는 기다리던 인연을 만났을 때
마치 간절히 기다리던
첫눈을 만난 것처럼
가로등 불빛 아래로 쏟아져 나와
미칠 듯한 기쁨으로 뛰어 다니며
환호성을 질러댑니다
그리고 맘속으로 간절히 기도합니다
내 인연만은, 내 사랑만은
저 아름다운 눈송이처럼
 언제나 변치 않고
깨끗하고 고결한 모습으로
영원히 이어지게 해달라고 말입니다.

하지만 인연은 찾아올 때
저 혼자만 오는 것이 아니라
늘 숱한 싸움과 시기, 질투, 오해, 불신,
그리고 때론 배신 등의 아픔도
동반해서 오는 것.

그래서 날리는 눈송이가 사랑스러워
손에 대는 순간 눈물 되어 흐르듯
어쩜 이 세상엔 영원으로 이어지는
아름다운 인연보다
만나는 그 순간부터 눈물이 되는
그런 아픈 사랑이 더 많은지도 모릅니다.

사는 것이 힘들다고 낙망하지 말라. 어깨에 짊어진 무거운 짐이,
스스로의 사명을 완수하도록 강요한다. 이 짐에서 벗어나는 길은
자기의 사명을 완수하는 길뿐이다. 당신에게 맡겨진 일에 책임을
다했을 때 무거운 짐에서 벗어날 수 있다. -에머슨-

스치듯 인연에서 동반까지3

우리가 새로운 인연을 만나
아무런 변화가 없다면
그건 치열하게 사랑하지 않은
까닭일 것입니다.
스치듯 다가온 인연이
운명적 사랑이 되기까지는
혹독한 겨울날에 발가벗은 몸으로
칼바람과 맞서 싸울 수 있는
용기가 필요합니다.

감기에 걸리면 좀 어떻습니까?
동상에 걸려 며칠 앓아누우면
또 어떻습니까?
버림을 받으면
다시 시작하면 되는 것을...
내가 가진 모든 것을
다 앗아가 버리면
홀연히 일어나
다시 사랑할 준비를 하면 되는 것을...

사랑이 아름다운 건
자신을 다 내던지는 그 무모함과 용기,
그리고 목적이 없기 때문입니다.

사랑하기만 하면 상처받는 사람들...
그것이 두려우면,
애당초 시작도 하지 말아야 할 것입니다.

인간이 추구해야 할 것은 돈이 아니다. 항상 인간이 추구해야 할
것은 인간이다. -푸시킨-

스치듯 인연에서 동반까지4

누군가를 만나 사랑하게 되면
처음에는 길이라고 믿었던
수많은 것들이
갑자기 황량하고 막막한
벌판으로 변합니다

왜 이 길로 들어섰나 하는
후회가 들기도 하고
절망의 연속 속에서 캄캄한 날만이
계속되기도 합니다
잠시 느꼈던 수많은 행복감이
더 이상 느껴지지 않기도 합니다

나의 삶 속에서
큰 의미로 자리 잡고 있는
거대한 파도가 인 듯한 느낌.

그 느낌은 고통이고 공포입니다.
그리고 절망입니다.

내가 선택했던 나의 길은
더 이상 아무런 힘도 주지 못한 체
단지 막다른 골목으로
나를 밀어 넣을 뿐입니다.

어느 때는 이것을
헤쳐 나가려 하지만
썩은 동아줄마저
보이지 않을 때가 더 많습니다.
그러다 설령 있다고 해도
잡을 힘이 없어
모든 것을 체념해 버리기도 합니다.

그럼에도 불구하고 사람들이
사랑에 목숨을 거는 것은
단 한순간만이라도 좋으니
깜부기불처럼 부활하는 사랑을
꿈꾸기 때문입니다
가장 뜨겁고 순결한 것만 남는
진짜 삶을 살고 싶기 때문입니다.

미안해. 이젠 널 사랑하지 않아

'부담스럽다'는 말...
바보처럼 이제야 그 의미를
조금은 알 것 같아
그냥 내가 싫어졌다고 말하지
그 말을 차마 못해서
나와의 만남이 부담스럽다고만
되풀이하던 너

사랑도 변할 수 있다는 거...
알고 있었지만
믿고 싶지 않았던 그 말...
이제 믿으려 해
넌 다시 올 수 없는 사람인걸...
내 사랑이 아닌 걸...
싫어도 이젠 인정하려해

넌 좋은 사람이지만,
네가 내게 가끔 보이는
나에 대해 무성의함과 무관심이

날 얼마나 힘들게 하는지
몰랐을 거야
그게 사랑이 부족해서인지
아니면 내가 귀찮아져서
그런지는 몰라도
요즘은 가끔 그런 생각을 해
상처받고, 약해지고, 마음 아픈 건
사랑이 아니라고...
진정한 사랑은 용기를 주는 거라고...

나 지금 마음이 많이 아프고 힘들어
어떤 선택을 해도 후회하겠지만
이젠 널 보내려 해
나중에 너도 나처럼 사랑으로 인해
아파하고 힘들어하게 되면 알게 될 거야
행복하지 못한 사랑이 사람을
얼마나 지치게 만드는지 말야...

미안해.
이젠 널 사랑하지 않아.

공포의 7월 어느 날

한 달만 기다리래요
내 얼굴 보는 게 힘들다고...
내가 싫어졌다고...
이젠 예전의 설레임이 없다고...

더도 말고 딱 한 달만 기다리래요
내버려두래요, 제발...
전화도 하지 말라네요
미안하다고 하니깐
미안하면 자기를 떠나래요

맨날 눈물만 나고...
삶의 의욕도 없고...
죽고싶은 생각이 가끔 들었지만
그래도 한 달 후면
그가 돌아올지 모른다는 기대감에
맘이 시리고...
힘들어서 밥도 못 먹고...
잠도 안 오지만

그 동안 잘 참고 견뎌왔는데...

7월 어느 무덥던 여름날.
정작 기다리던 그 사람은 안 오고
이별이란 낯선 괴물이 불쑥 찾아와
제게 그러는 거 있죠.

"이 바보야! 넌 아직도 사랑을 믿니?"

분노에 불같이 노하는 사람은 분노에 창백해지는 사람만큼 두렵
지 않다. -데카르트-

뒤늦은 고백

막연하게나마 널 그리워하고 있다는
그것만으로도 난 지금 행복해
너의 모습을 이만큼의 거리에서 볼 수 있고
가끔은 네 곁을 스쳐 지나갈 수 있다는
사실만으로도 말야

너 그거 알아?
내가 한 번도 다가선 적이 없고
한 번도 손을 내밀어 보지 못했지만
넌 내게 있어
그 누구보다도 가까운 사람이었다는 것을...
다른 어떤 사이보다 곱게 이어진
내 유일한 삶의 끈이었다는 것을...

널 많이 좋아 했어
그런데도 단 한번도
그 맘 입 밖에 내지 못했던 건
말하면 혹시라도
그 불안하게 이어진 끈마저 끊어질까 봐

두려웠기 때문이었어.

지금도 손을 뻗으면
금시라도 닿을 듯한 거리이지만
아주 먼 곳에 있는 것처럼
널 찾지 않는 것은
네 모습을 이렇게 숨어서라도
지켜볼 수 있는 것이
얼마나 큰 축복인지 깨달았기 때문이야.

사랑해...
하지만 그 사랑으로 인해
널 잃고 싶지는 않아
그래서 많이 아프고 속상하지만
네가 그토록 좋아하는
노을지는 저 하늘을
나 혼자만 이렇게 바라보고 있는 거야
너도 나와 같은 하늘을 바라보며
같은 느낌을 갖고 있길 기도하면서 말야.

사진만 보낸 편지

그를 떠나보낸 뒤 한 달 만에
한 통의 편지가 왔습니다.
그녀와 내가 지난 바닷가에서
환하게 웃으며 찍었던
사진 한 장만이 달랑 들어있는...
그녀는 늘 이런 식이었습니다.
한 번도 자기 마음을
말로 표현한 적이 없었습니다
그 무거운 침묵을 견디다 못해 난
늘 그에게 상처를 주고 화를 냈습니다.
그리고 결국 제가 먼저
그녀를 떠났습니다.
그녀의 무심함을 더는
견딜 수가 없었던 거죠.
기다림이 싫었던 거죠.
그 지리한 침묵도...

아마도 전 살아서 움직이고
울고 웃는 그런 사랑을

원했었나 봅니다.
조금은 역동적인...
그녀가 보낸 사진을 앞에 두고
한 숨도 삼을 자지 못했습니다.
사진 속의 그녀가 뛰쳐나와
내게 덤빌 것처럼 두려웠습니다.

도대체 어떤 의미로 사진을 보냈을까요.
백지로 보낸 편지지 속에서
나는 무얼 발견해야 할까요.
그리고 사진을 본 후엔
난 또 어떻게 해야 할까요.
그는 내게 무얼 원하는 걸까요.

나 자신에게 내리는 저주

장난전화해서 '여보세요?'
그 한마디만이라도 들을 수 있어도
더 이상 바랄 것이 없을 거 같은데...
친구들 앞에선 애써 태연한 척 했어
얼마 전에 알게 된 여자와
아무렇지 않은 듯 장난도 치고
키스도하고... 포옹도 하고...
그런데도 이상하게 내 가슴 속
깊숙한 곳엔 늘 너만 있는 거야
떨쳐내려, 밀쳐내려 아무리 애를 써도
아무 소용이 없는...

이러면 안 되는데...
이건 죄악인데...
이제 내 옆에 있는 사람에게
잘 해줘야 하는데...
그저 어떤 의무감 때문에
마지못해 억지웃음만 짓고 있어.
이러려면 차라리 상대를 위해

헤어져 주는 것이 도리인데...
또다시 혼자되는 것이 무서워
완전하지 않은 마음으로
위선의 사랑을 하고 있는 나.

너...너란 여자...
절실하게... 목숨을 걸고...
내 꿈마저 저버릴 정도로 사랑했지만...
끝내 지키지 못했기에
내가 먼저 접었고 돌아섰기에...
지금 이렇게 벌을 받고 있는 것 같아
이렇게 사랑 받음에도...
그 사랑을 진정 느끼지 말라고...
불감증이 되 버리라고...
나 자신에게 내리는 저주 같아.

널 너무 많이 사랑해서

그날 친구에게 부탁해 널 불러냈었지.
보고 싶은데...
날 피하기만 하고 만나주지 않으니까
내 옆에서 나만 바라보고 있는 그 친구
다 알면서도 모르는 척 자리를 비켜줄 때
무엇을 어떻게 해야 할까 많이 망설였어
술을 너무 많이 마신 탓일까?
그렇게 되기를 기다렸던 것일까?
처음엔 당혹스러워하며
집에 가겠다고 화를 내던 네가
날 끌고 간 곳은 뜻밖에도 여관이었지
같이 자자고...
내가 원하는 게 이런 거 아니었냐고...
버럭 화를 내다가 급기야
여관 침대에 엎드려 엉엉 소리내어 울던 너.
희뿌연 새벽이 될 때까지
난 아무 말 없이 담배만 계속 피워댔지
솔직히 널 갖고 싶었지만
너무 좋아하고 사랑해서
수단과 방법을 안 가리고

널 내 여자로 만들고 싶었지만...
나 참았어.
네 손목 한번 잡지 않았어.
예전엔 같이 자는 거 그것만으로도...
이루어질 수 없는 내 사랑이
채워질 것만 같았는데...

사람이 사람에게 줄 수 있는
가장 소중한 것이 좋은 추억이라고 하잖아.
나 아무래도 너에게 좋은 사람으로
오래도록 기억되고 싶었었나 봐.
널 갖고 싶은 거
그저 내 욕심일 뿐이니까...
너랑 그냥... 딱 일주만...
사랑하고 싶은 거...
그저 가슴에 품고 있는
내 작은 소망일뿐이니까...

미안해... 널 너무 많이 사랑해서
차마 가질 수 없었어.

이별이란

서로 당기고 밀던...
그 팽팽한 줄이..
혹은 서로 새끼손가락에
묶여있을 거라 믿은 빨간 실이...
현실에...
일상에 매몰되어...
점차 느슨해지고...
닳아간다는 느낌...

어느 날 문득 그런
예감이 들 때
불현듯 찾아오는 불청객이래요.

가장 친한 친구라 할지라도 자신의 생각을 전부 말해 버리면 평
생토록 적이 될 수 있다. -샤를르 뒤클로

꿀차 한잔

어떤 한 아주머니가 있었습니다.

그녀는 남편이 사업실패로 거액의 빚을 지고 죽자 마지못해 생계를 위해 보험설계사 일을 하게 되었습니다.

하지만 그 동안 집안에서 살림만 하던 여자가 그 험한 보험 일을 한다는 것이 생각처럼 그리 쉬운 일은 아니었습니다.

대학교에 다니는 딸만 아니면 하루에 수십 번도 더 하던 일을 그만 두고 싶을 정도 고되고 힘겨운 나날의 연속이었습니다.

그러던 어느 추운 겨울날이었습니다.

거액의 보험을 들어준다는 어느 홀아비 집에 방문했던 아주머니는 그만 큰 봉변을 당할 뻔했습니다.

가까스로 위기를 모면한 그녀는 근처에 있는 어느 한적한 공원으로 피신을 했습니다.

사는 게 너무 힘들고 서러워서 자살까지 생각하며 한참을 흐느껴 울고 있을 때였습니다.

누군가가 그녀 앞으로 조용히 다가왔습니다. 손수레를 끌고 다니며 공원에서 커피와 음료수 등을 파는 할머니였습니다.

할머니는 아주머니에게 무슨 말인가를 해 주려고 하더니 갑자기 손수레에서 꿀 차 하나를 집어 들었습니다.

따뜻한 물을 부어 몇 번 휘휘 젓더니 아주머니 손에 살며시 쥐어주며 빙그레 웃어 보였습니다.

마치 아주머니에 무슨 일이 일어났었는지 다 알고 있기라도 한 듯한 표정으로...

비록 한마디의 말도 하지 안 했지만 할머니의 그 따스한 미소는 아주머니에게 그 어떤 위로의 말보다도 큰 힘이 되었습니다.

아침까지 굶고 나와서 너무나도 춥고 배고팠던 그 아주머니는 할머니의 따뜻한 정에 깊이 감동하면서 너무나도 따뜻하고 맛난 꿀 차를 마시고 다시 일터로 나섰습니다.

그 후 몇 년의 세월이 흐른 어느 닐이었습니다.

공원에서 차를 팔고 집으로 돌아가던 할머니가 오토바이 사고를 당하게 되었습니다.

다행이 수술이 무사히 끝나 생명엔 지장이 없었지만 뺑소니 사고였기 때문에 할머니는 한 푼도 보상을 받지 못했습니다.

때문에 퇴원이 가까워 오면서 할머니는 거액의 수술비와 병원 비 때문에 밤잠을 이룰 수가 없었습니다.

할머니의 딸이 퇴원수속을 위해 원무과로 찾아갔을 때였습니다.

병원 여직원은 할머니의 딸에게 병원비 계산서 대신 작은 쪽지 하나를 대신 전해주었습니다. 거기에는 이렇게 쓰여 있었습니다.

'수술비+입원비+약값+기타 비용
　총액- 꿀차 한잔.'

할머니의 딸이 놀라서 두 눈을 크게 뜨자 병원 여직원은 빙그레 웃으면서 다음과 말했습니다.

"5년 전... 자살을 생각했다가 꿀 차 한 잔에 다시 용기를 얻고 지금은 보험 왕이 된 어떤 여자 분이 이미 지불하셨습니다."

"......!!"

"그 분이 바로 저희 어머니이십니다."

젊은이들의 사랑은 마음 속에 있지 않고눈 속에 있다. -셰익스피어-

하지만...

너... 어제 술 많이 취했어
너의 따뜻한 손을 잡고
나란히 걷는데 솔직히 기분 좋더라.
그때 술에 취한 네가 내게 그랬지.
아직도... 그 사람 생각하느냐고...
이젠 그 사람하고 상관없지 않냐고...
놀랬어.... 네가... 난 네가...
그 사람 생각 없는 줄 알았는데...
맘에 두고 있었다니...

미안해... 그때 아무 말 안 해서...
대답 듣기 원하는 네게
'술 많이 취한 것 같아!'라고
미운 말만 되풀이해서...

그래도 내가 좋다고
못난 날 사랑한다고 되 뇌이던 너...
그럴 때마다 대답대신
말없이 몇 걸음씩 앞서나가던 나...
넌 그런 날 뒤쫓아와

내 얼굴 빤히 쳐다보며
그 아련한 눈빛으로...
애써 고갤 돌리는 날 보며
몇 번이고 말했지.
'나 선배, 사랑해요...'라고...

그래, 한 번도 말하지 않았지만
나도 알아
알지만... 넌 아냐...
정말 잔인하게 들릴지 모르지만
난 사랑을 믿지 않아...
네가... 지금 네가 내게 하는 이 감정도
일시적일 뿐이야... 순간일 뿐이라고...
난 네가 생각하는 만큼
마음 따뜻하지도 않고 이기적이야.
난 내가 행복하지 않으면 신경도 안 써.
그게 나야...

우린 또 한동안 말없이 걸었지.
서로 손은 잡고 있었지.

아니 네가... 날 안 놓으려고...
두 손 깍지 아프도록 끼고서...
그렇게 걸었지.
바람이 너무 많이 불어
온몸이 꽁꽁 얼어붙을 것만 같은데
넌 또... 바람결에...
사랑하고 있다고... 말했지.

난 발걸음을 멈추고
이제 그만 하라고...
내게 모든 걸 주려 하지 말라고...
아플 거라고...
화를 내며 소리쳤지.
넌 눈물이 그렁거리는 눈망울로
가만히 날 바라보다가...
내 품에 와락 안겼지.

처음이었어... 너하고 포옹한 거...
생각보다 너의 향기 아늑하고...
따뜻하더라.

얼굴을 내 가슴에 묻는데
그 느낌이 참 좋았어.
이렇게 누군가를 소중히 안은 적은
참으로 오랜만이었던 것 같아.
하지만... 마음이 아팠어...
넌 나 그렇게 끌어안고...
버리지 말라고...
그렇게 어린애처럼 귓가에 속삭였지.
버리지 않을 거지? 하고...
불안하게 묻는 너에게
난... 가슴을 밀치며 겨우 말했지.
아직은 아니라고...
네가... 지금의 네 감정이 잦아들 때...
다시 생각해 보자고...

날이 너무 추었어.
취한 널 택시에 태워
얼마정도 갔을까.
네가 내 손을 잡아
코트 주머니에 넣으며

혼잣말처럼 그랬지.
사랑한다고...
너무... 무섭게... 빠르게... 순식간에...
날 사랑해버린 것 같다고...
이렇게 누군가에게 매달리기는...
빠져들기는 처음이라고...

난 그런 널 보며 바보라고 해줬지...
너... 그거 알아?
내가 왜... 이렇게 애타게
날 사랑한다는 널
잔인할 정도로 덤덤히 보는지...

나도... 그랬으니까.
나도... 네가 날 사랑하는 것처럼...
누군가를 지독하게 사랑해 봤으니까...
네가 지금 내게 빠져드는 것처럼....
나 그 사람에게 빠져들었으니까...
네가 나 애타게 보는 것처럼....
나 그 사람 애타게...

뒷모습 보았으니까.
네가... 내 모든 걸
가지고 싶은 것처럼...
나도... 그 사람 모든 걸
가지고 싶었으니까...
그리고... 아직도 그 사람
못 잊었으니까...

그래도 말야.
넌 참 행복한 사람이야.
넌 그래도 내게 이렇게 자유로이...
원하는 대로..
사랑한다 말할 수 있지만...
난 아니었어.
난... 단 한 번도 그런 말 못했는걸...
그 사람에 대한 마음 접으면서
울던 그 순간에도
난 그 사람에게 사랑한다는 말조차
입에 올리지 못했는걸...
미안해... 울보야.
나 아직은 이 말 밖에 못해 주겠어...

치유될 수 없는 상처

시간이 가도 치유될 수 없는
상처가 있더군요.
기억이란 게 잔인하게도
흐려질지언정 사라지진 않으니까요.
근데 상처 준 사람은
그걸 잘 모르나 봐요
끝도 없이 굴러 떨어지는 우울증이나
상실감 그리고 분노, 배신감...
한번 어긋나 버린 믿음을
가슴속에 품고
그 사람 곁에서
 숨 쉬고 살아간다는 게
정말 얼마나 어렵고
괴로운 일이지 말이죠...

처음 잠시 미안한 마음은 들겠죠
하지만 그 미안함이
가슴에 사무치지는 않겠죠

사랑 때문에 상처받은 사람이
괴로워하는 것은 봤어도
상처 준 사람이 괴로워하는 것은
흔치 않은 일이니까요

상처받는 쪽은요
잊었다 싶어도 문득문득
밀려오는 아픔이 있어요
가슴이 찢어질 듯 아픈...

사랑할 때는 사상 따위가 문제가 안 된다. 내가 사랑하는 여자가
음악을 좋아하는가. 어떤가는 문제가 안 된다. 결국 어떤 사상에
도우열을 결정하기란 힘들다. 세상에는 오직 하나의 진리가 있을
뿐이다. 그것은 서로 사랑하는 것이다. -로망 롤랑-

지금도

남자는 여자가 싫어졌을 때
이별을 고하고
여자는 남자에게서 이별이 느껴질 때
이별을 고한다고 그러잖아요.

나 말이에요, 나 있잖아요.
또다시 그 사람에게서
이별이 느껴진다면
다신 바보처럼 잡지 않을 거예요.
그런 순간이 온다면
그땐 내가 먼저 버릴 거예요.
버림받은 고통이 어떤 건지
그 사람에게도 느끼게
해주고 싶으니까요.
다른 사랑을 찾아 떠나는 사람에게
울며 매달리며 다시 돌아오라며...
자존심이고 뭐고
다 버리고 애원하는 게
얼마나 가슴 아프고 비참한 일인지

조금은 알게 만들고 싶으니까요

많은 시간이 흐른 뒤에도
날 버렸던 그 사람의 모습이
쉽게 잊혀지지는 않는군요
오히려 잊으려고 노력할수록
또렷이 떠올라
그때의 아픔이 느껴져
숨을 쉴 수가 없으니...
목을 조이는 것만 같고...
눈에서는 뜨거운 눈물이...
가슴에는 통증이 느껴질 뿐이니...

하아~ 모르겠어요.
아직까지 이 길이 정말 내 길이고
그 사람이 정말 내 사랑인지...
지금...
그 사람을 잊지 못해서
여전히 가슴이 많이 아프네요...

커플링을 손에서 빼던 날

그녀의 집에 찾아갔어요
날 자꾸만 피하는 이유라도
알고 싶어서요

근데 아니었나봐요
추운 곳에서 한참을 기다렸는데도
한동안 문도 안 열어주고
전화도 안 받고...
그러다 무서운 얼굴로 나와서는
저더러 이런 식으로 나오면
더 짜증나고 화가 난다면서
차갑게 쏘아붙이는 거예요.

그제야 알았어요
그녀가 날 사랑하지 않는다는 걸.
이미 떠나기도 마음 굳혔다는 것을...
맘 같아서는 묻고 싶었지만
따지고 싶었지만
머리가 텅 비는 것 같은 느낌에

한동안 그저 멍하니 서 있기만 했어요
돌아서면서 그녀와
백 일째 만남을 기념하기 위해
전에 맞추었던 커플링을 빼서
대문 앞에 놓아뒀어요.

기분이 참 착잡하더군요
금방이라도 그녀가
환하게 웃으며 뛰쳐나와
내 품에 힘껏 안길 것만 같은데
안녕 이라니... 이것이 끝이라니...
내가 그리 많이 잘못한 거 같진 않은데
이런 식으로 헤어질 수밖에 없다니...

그런데 어쩌죠, 그런데도 말이에요
지금 당장은 이 사람 아니면
큰일날거란 생각에
많이 힘들고 무서운데도
그녀가 밉지 않아요

아무래도 내가 너무 많은걸 줬나봐요
자존심까지 무너뜨리면서...
내가 너무 그녀에게 집착을 했나봐요
모든 걸 다 받아주길 바랐나봐요,
이해하고...

돌아오는 길에 포장마차에서
술 한 잔 했어요
비틀거리며 걸어오는데
반지 낀 손가락이 참 허전하더군요
전엔 그녀가 보고 싶을 때마다
버릇처럼 반지를 보고
만져보곤 했었는데...

시간이 지나면 좀 괜찮아질까요?

지금은 당신을 잊고 있는 중

나 아직은 견딜만해.
아직도 당신 사랑한다면서
당신과는 헤어지지 못한다면서
떼쓰고 싶지만
나보다 더 힘들어하고 있을
당신 생각하며
이렇게 힘겹게 버티고 있어.

내가 전에 왜 그렇게
힘겨워 했는지 알아?
그땐 직장도 없는 나 자신이
너무 초라하기만 했어
달리 모아놓은 돈도 없고,
그렇다고 남들처럼
해주고 싶어도 못해주는
내 마음이 얼마나 답답하고 짜증나던지...
비록 말은 안 했지만
내가 당신 얼마나 아껴주고 싶고,
챙겨주고 싶고,
잘 입히고 싶고,

잘 먹이고 싶어 했었는데...

당신을 사랑하지만 가진 게 너무 없어
책임지겠다는 말을 못하고
죄 없는 담배만 소리 없이 죽였었지
솔직히 나...
당신이 많이 부담스러웠어
아무리 밝은 척 전화를 받아도
아무렇지 않은 척
당신 전화를 받아도
부담스러워 자꾸 전화를
빨리 끊으려 했어.
그게 날 더 비참하게
만드는 것 같아서
자꾸 당신을 멀리하려고
만나지도 않으려고
그렇게 핑계를 댔던 거야.

지금 이렇게 먼 곳에 와서
당신 향한 내 사랑의 열정이 식기만을

조용히 삭이고 있는 게 너무 힘들어
당신에게 집중되는 신경을
다른 쪽으로 돌리려고 무던히도 애쓰는데
그게 생각처럼 그리 쉽지가 않아
안 다니던 교회도 다시 나가고,
근처 강가로 낚시도 다니면서
나 혼자 있는 시간들에
익숙해지려고 노력하지만
생각처럼 그리 쉽지가 않아
여전히 당신 목소리도 듣고 싶고,
얼굴도 만져보고 싶고...
그런데... 그러면 안 되잖아.
그럴 수 없잖아.
그 안 되는 이유를
나 자신에게 물어봐도
그냥 메아리만 들릴 뿐이니깐...

어제는 새로 핸드폰을 샀어.
당신에게도 번호를 알려주고
싶은 맘 간절했지만,
그럴 수가 없었어

당신한테서 오지도 않을
전화를 기다릴까봐...
또 전화하지 않는 당신을
원망이라도 할까봐 겁나서
그냥 나 혼자 가슴앓이만 하고 있어.
휴대폰 사면 제일 먼저
당신에게 전화번호 알려주고 싶었는데,
그러지 못해서 너무 속상하고
가슴 아프기는 하지만,
그래도 나 웃으려 해.
내가 울면 당신은 가슴이 답답하고,
정말 미칠 것 같다고 했잖아.
그래서, 울고 싶어도 참으려 하는 거야.

지금은 비록 <당신 잊기>를 하고 있지만
아직까지는 그래도 당신을
아껴주고 싶으니까...

마지막까지 당신에게서
아낌을 받고 싶으니까...

기다림

겨울비가 내렸어
하루 온 종일...

그래서인지 날씨가 너무 추웠어.
집에 가기 위해 버스를 기다리는데
네 생각 많이나더라
마치 날씨가 쌀쌀해지니깐
문득 따뜻한 것들이
자꾸 그리워지듯...
찬바람에 손이 꽁꽁 얼어붙고
귓불이 빨갛게 달아오르니까
네가 전에 직접 뜨개질해서 줬던
벙어리장갑과 목도리가 떠오르더라.
어디 있을까?

그 장갑...
그 목도리...

난 오늘 하루 잘 버텼어.

힘들지만 전화 안 하기로 맘먹으니깐
그런 대로 잘 버틸 수 있었던 거 같아.
근데 자꾸 시계 보는 버릇이 생겼어.

지금쯤이면 일어났겠지...
이 시간쯤이면 출근했겠지...
이쯤 되면 밥을 먹고 있겠지...
이렇게 멀리 떨어져 있는데도
눈에 다 선한 거야.

나 잘 참을 수 있어.
널 위하는 일이니깐...
하지만 가끔은 너에게
다시 매달리고 싶을 때도 있어.
단지 둘이었다가 하나가 되는
외로움이 두려울 때면...

세상에서 가장 불행한 사람

세상에서 가장 불행한 사람은
아직도 자신의 인연을
만나지 못한 사람입니다

이 보다 더 불행한 사람은
인연을 만났지만 차마
다가설 수 없는 사람입니다

이 보다 더 불행한 사람은
자신이 전부라 믿었던 인연에게서
버림받은 사람입니다

이 보다 더 불행한 사람은
인연을 먼저 저 세상으로
떠나보내는 사람입니다

이 보다 더 불행한 사람은
인연으로부터 잊혀진 사람입니다

그리고 이 보다 백배 천배 더
불행한 사람은
어긋난 인연을 머리로는
잊어다 하면서도
가슴으로는 아직 잊지
못한 사람입니다.

지금의 나처럼...

시는 가장 행복하고 가장 선한 마음의 가장 선하고 가장 행복한
순간의 기록이다. -M.W 셸리-

이별후의 약속

이젠 정말 담담하게 잡은 손 놓아주기
이렇게 약속 해놓고는 다시 시작하면
안되겠냐고 떼쓰지 않기
사랑한다는 말... 미안하다는 말...
더는 하지 않기
함께 했던 지난 시간이 가슴 저려도
웃으며 돌아서기
기운 없어도 씩씩한 모습으로
제 갈 길로 찾아가기
아무리 힘들어도
하루 세끼는 꼭꼭 챙겨먹기
슬프지도 않은 주말연속극 보면서
혼자 눈물 흘리지 않기
술 취해서 전화 해놓고
말없이 끊어버리지 않기
아프면 고집 피우지 말고
얼른 병원부터 가기
비 오는 날은
무조건 우산 쓰고 다니기

겨울에는 목도리와 장갑
필히 착용하고 다니기
우리가 자주 가던 그 카페 근처는
절대 얼씬도 하지 않기
첫 눈 오는 날 혹시나 해서
우리가 첫 키스했던
그 바닷가 절대로 찾지 않기
특별한 날 선물 가게 앞을
서성거리지 않기
어쩌다 길을 걷다 마주쳐도
편하게 웃으며 인사하기
그리고...
그리고...
우리 사랑...
너무 예쁜 사랑이었으니까...
너무 빨리 잊지 않기...
나 이렇게 당신에게
잊혀지는 이름이 되어도
내겐 당신밖에 없었다는 그 말,
그 한마디 말만은 죽는 날까지
절대로 잊지 않기...

나에게 넌

넌 내가 싫어 떠날지라도
그 뒷모습
지켜줄 수 있어 행복하고
더 나은 바램 빌어줄 수 있어
행복하리만큼
아름답고 귀한 사람이었어

그런 널 잠시나마 바라볼 수 있어서
내가 얼마나 행복했었는지
넌 잘 모를 거야.
너무 귀한 사랑에
혹시라도 나의 더러움이 묻을까봐
내가 얼마나 걱정했었는지...

그 동안 네 맘 아프게 했던 거
정말 미안해...
사랑하니까...
맘 아프게 하고 싶기도 하고...
내가 얼마나 소중한 지도

알게 하고 싶고...
나 땜에 맘 아파하는 거...
맘 저려하는 거 보고 싶어 그랬어.

그 동안 널 위해
버리지 못한 자존심으로
힘들게 했던 일들을
이제 용서해 줄래

그 못된 맘
널 위한 기도로
다 태울 때까지만
나 저만치 있으려 해
보이지 않게 꼭꼭 숨어서
널 사랑하려고 해

넌 내 모든 걸
너로 채우고 싶을 만큼,
내 가진 모든 걸
다 주고 싶을 만큼
그렇게나 사랑했던 사람이기에...

사랑아, 이젠 안녕

하나님이 어느 날
거짓말처럼 널
내게 선물로 보내줬어.
이제 더는 외로워하지 말라고..
이제 더는 혼자이지 말라고...

한때는 많이 감사했어.
외롭다고 손을 내밀면
넌 늘 말없이
내 손을 잡아주었고,
내가 지치거나 힘겨워할 때면
눈물로 다시 일어설 수 있는
힘을 주었지

그러던 네가 지금은
내가 항상 자기를 찾는 것에...
지친다고 하니...
힘들어서, 너무 힘들어서
사랑이고 뭐고

다 끝내고 싶다고만 하니...

세월이 흐르면 사람이 변하듯
영원할 줄 알았던
그 사랑이란 것도
시간이 지나면 이렇게 변하나 봐.

사랑아, 이젠 안녕!
너한테 집착하려는 나를...
더 이상은 불쌍해서
못 봐줄 것 같아.

결혼 생활은 참다운 뜻에서 연애의 시작이다. -괴테-

사랑은

두려움의 연속이래요

시작하기 전엔 낯선 사랑을
어떻게 받아들여야할까
하는 두려움이고요
막상 시작했을 땐
헤어짐에 대한 두려움이고요
헤어졌을 땐
과연 또 다른 사랑을
시작을 할 수 있을까
하는 두려움이래요

사람이 억제하기 어려운 순서는, 술과 여자와 노래이다. -프랭클
린-

오늘

그녀가 헤어지자고 했습니다.
3년도 넘게 사랑했던 우린
단 3분도 안 걸려 남이 되었습니다.

정말 그와의 인연을
놓치고 싶지 않았습니다.
내게 너무 충실했고,
나의 농담 한마디에도
아이처럼 좋아해 주었던
사람이었으니까요.

돌아오는 길에 괜히
눈물이 나왔습니다
그를 이제 다시는 못 볼지
모른다는 사실보다도
오늘 밤 단지
그에게 잘 자라는
안부 전화 할 수 없다는
슬픈 사실이

더 가슴아팠습니다.
앞으로 그를 많이
그리워할 것 같습니다.
벌써부터 그가 이미 보고 싶습니다.
그가 너무 그립습니다.

하지만 내일부터는
그와 같이 했던 거
그 무엇도 다신
안 하려고 합니다
같이 갔던 모든 장소에도
다신 근처에도
가지 않으려고 합니다
어쩌면 한동안 집에만
있어야 될지도
모를 것 같습니다

그와 같이 했던
추억이 너무 많아서
어딜 가든, 누굴 만나든,
그가 생각이 날 것 같기 때문입니다.

기다릴 테니까

전화가 왔습니다.
너무도 오랜만에 걸려온 전화...
잘 지내느냔 말에...
그냥... 힘들다고 대답했습니다.
그랬더니 그 친구
괜찮아질 때까지 기다릴게...
기다릴 테니까...
하고는 더는 말을 잇지 못했습니다
그 한마디의 말에 저 역시
한동안 무릎을 베고 한참을 울어버렸습니다.

기다릴 테니까...

그저 한마디.
그 몇 자 안 되는 한마디가
왜 그리도 서럽던지...

다른 누군가에게 하고 싶었던 소리.
다른 누군가에게 듣고 싶었던 소리.
기다릴 테니까...

사랑의 확인

진희는 늘 애인인 준표의 사랑을 확인하고
싶어했다. 그래서 틈만 나면 '나 얼마나 사랑
해?' '날 위해 죽을 수 있어?' 하면서 귀찮을 정
도로 묻곤 했다. 그때마다 준표는 대답대신 엷
은 미소만 지어 보였다.

그러던 어느 날이었다.

진희와 준표는 만난지 천일 되는 것을 기념
하는 의미로 모처럼 만에 정동진으로 여행을
떠났다.

목적지에 거의 다 왔을 때였다.

인적인 드문 해안도로 맞은편에서 달려오던
덤프트럭 한 대가 갑자기 두 사람이 타고있는
자동차를 향해 돌진했다.

운전하던 준표가 순간적으로 핸들을 꺾었지
만 이미 늦었다. 덤프트럭에 옆구리가 받친 자
동차는 가파른 절벽 아래로 한참을 튕겨져 나
갔다.

잠시 후, 다행히 기적적으로 두 사람 다 목숨
은 건졌지만 다음이 문제였다.

사고의 충격으로 파손된 자동차 앞부분에서 연기가 치솟아 오르기 시작한 것이다.

상대적으로 부상이 경미했던 준표는 가까스로 차안에서 빠져 나왔지만 진희가 문제였다.

부상도 심한데다가 하체 거의 대부분이 찌그러진 자동차 문 사이에 끼어서 도무지 어찌해볼 도리가 없었다.

진희는 피범벅이 된 자신의 얼굴을 안타까운 표정으로 매만지고 있는 준표를 보며 숨이 끊어질 듯 고통스런 목소리로 말했다.

"자...자기라도 빨리 피해... 자동차가 폭발하기 전에... 어서..."

진희의 눈가에선 어느새 하얀 물기가 어리기 시작했다. 준표는 어쩔 수 없다는 표정을 지으며 잡고 있던 진희의 손을 놓으며 자리에서 일어섰다.

진희는 모든 것을 체념한 듯 두 눈을 질끈 감아버렸다. 그런데 잠시 후...

진희 혼자 두고 어디론가 피신한 줄 알았던 준표가 다시 차안으로 들어왔다.

그는 사랑하는 사람을 두고 혼자서 도망간 것이 아니라 잠시 밖으로 나가 담배 하나를 피고 온 것이었다.

진희가 놀라는 표정으로 두 눈을 크게 뜨자 준표는 다시는 밖으로 나갈 수 없을 정도로 문을 힘껏 안에서 닫으며 말했다.

"너... 전에 내게 물었지? 널 얼마나 사랑하냐고? 널 위해 죽을 수 있냐고?"

"......?"

"이게 그 대답이야!"

진표는 언제나처럼 엷은 미소를 짓더니 피투성이 된 진희의 입술에 뜨겁게 키스를 했다.

있는 힘껏 끌어안았다.

그와 거의 동시에 '쿠쿵!'하는 굉음소리와 함께 자동차에선 검붉은 연기가 무섭게 치솟아 오르기 시작했다.

사랑을 확인하려고 하지 마세요.
사랑은 그 자체만으로도 아름다운 것이지,
그 사랑을 확인하는 순간
대부분 진한 아픔이 찾아오기 때문입니다.

그땐

난   소망을 갖고 있어
그건 나의 소망에 의해
네가 날 더 좋아하는 거야
지금의 슬픔
괜찮아
넌 지금 날 영원히 소유하기 위해
날 버리는 거니까
다음에 만나면 네가 날
더 좋아하게 될 테니까
그때까지 널 기다릴 거야
힘들어도 괜찮아
너하고 같이 죽어도 좋아
서로 마주보는 봉우리가 되어도 좋아

잊지 마!
우리 언젠 다시 만나게 될지는 모르지만
그땐 틀림없이 네가 날
더 좋아하게 되리라는 것을...

여자와 남자의 차이

여자들은요
헤어지고 나면 그 수많은 시간들...
같이 쇼핑하고...
영화보고...
차를 마시고...
거리를 걸어다니던 그 시간들이
고스란히 내 것이 되어버리고...
너무 많은 내 것들...
내 시간들을 어떻게 보내야 할까
고민해야 하고...
그래서 헤어지기 전에
미리 새로운 사람을 만들어 놓는 대요.

남자들은요
그것도 모르고 사랑과는 별개로
틈만 나면 자기만의
시간을 갖고 싶다고
투정이나 부리고...
여자가 그 시간을

주지 않고 몰아붙이면...
그게 싫어서 바보처럼
더 숨어버리기만 한 대요.
그러다 어느 날 불쑥 이별이 찾아오년
세상 다 끝난 것처럼
홀짝홀짝 소주잔이나
기울이면서 말이에요.

사랑에는 네 가지가 있다. 정열적인 사랑, 취미의 사랑, 육체의
사랑, 허영의 사랑이 그것이다. -스탕달-

목마른 사랑

그냥 보낼 수가 없었습니다.
이대로 포기할 수가 없었습니다
이미 결심을 굳힌 그녀를
납치하듯 차에 태워
고속도로로 향했습니다.

미안하다고...
나..... 너 없으면
이대로 죽을 것만 같다고...
정말 너 없으면 나조차 없는 거라고...
제발 다시 돌아와 줄 수 없는 거냐고...
울면서, 애원하면서 그렇게 고속도를
30분 정도 달렸을 때였습니다.
옆자리에서 앞만 보고 앉아 있다가
그녀의 옆모습을 보았습니다.
그녀의 얼굴 역시
눈물로 얼룩져 있었습니다.
차를 돌렸습니다.
하루, 아니 단 한 시간조차

그녀와 함께 있는 것이
마치 큰 죄가 되는 것
같았기 때문이었습니다.
그녀는 집 앞까지 와서
또 눈물을 글썽였습니다.
그냥 보냈습니다.
하지만 건널목을 건너려는 순간
차로 그녀 앞을 가로막았습니다.
그리고 다시 한 번 해보면 안 되겠냐고...
우린 잘 될 수 있다며...

간절하게 애원했습니다.
아무리 힘들어도 헤어지는 것보다는
함께이길 바란다고...
그랬더니 그녀가 내게 되물었습니다.
너의 사랑은 어떤 거냐고...
이런... 이런 나에게
내주는 너의 사랑은.....

단지 너와 함께 하며
슬픔과 기쁨을

나누고 싶었을 뿐이라고...

연인처럼 친구처럼 힘들 때
샌드백이 되어주는 그런 사이...
난 그런 게 좋았고...
그러다 정이랄까 그런 게 생긴 것 같다고...
쉽게 왔다가 가버리는 그런 사랑은 싫어서
너에게 나의 힘든 모습 보이지 않았고...
그저 네가 힘들 때 나에게 기댈 수 있는
기둥이고 싶었을 뿐이라고...
날 생각하면
네가 언제라도 와서 쉴 수 있는
그런 사람이길 원했을 뿐이라고...
...말했습니다.

가슴을 치며...

그러자 가만히 내 말을 듣고만 있던 그녀가
다시 혼잣말처럼 한마디 합니다.

"그래도, 난 항상 목말라..."

넥타이를 맵니다

전화를 하고 싶었어.
내게는 여전히 차갑게
대하는 당신이지만
그래도 목소리라도 듣고 싶었거든.
며칠 전부터
그렇게 힘들게 끊었던 담배
다시 피우기 시작했어.
당신 잊기가 너무 힘들어서
발버둥을 치다 나도 모르게 그만...

지금 담배 피면서도
나 눈을 감고 있어
눈물이 나지 않게 하려고 말야
병원에서 절대 안 된다는
술도 다시 입에 대
당신이 날 이렇게 만들어 놓은 거야
채워도 마셔도 헤어날 수가 없어
지우려고 애쓰는데도 그게 잘 안돼
당신에게서 벗어날 수 없는

날 보면 항상 인상 쓰며 저 멀리로 도망가
버린다. 마치 징그러운 벌레라도 본 것처럼...

<그 소녀>

뜻하지 않은 교통사고를 당했다.
거의 반년을 병원에서 지낸 것 같다.
겨우 다시 학교에 나갔지만 사고의 후유증
으로 시력이 점점 떨어져 정상적인 수업을
하기가 힘들다.
어느새 난 반 아이들의 놀림거리가 된 느
낌이다. 그 많던 친구들도 하나 둘씩 내게서
멀어져만 간다.
그러고 보니... 평생 나 하나만 좋아할 거
같던 그 아이 역시 더는 내 앞에 나타나지
않는 것 같다.

<그 아이>

가슴이 아프다. 그 애가 교통사고를 당한

그 아이와 그 소녀

<그 소녀>

언제부터인가 내 뒤를 졸졸졸 뒤따라 다니던 그 아이... 난 그 아이가 싫다.

몸에선 늘 이상한 냄새가 나고 말도 못하는 벙어리이기 때문이다.

거기에다 수줍음은 얼마나 많은지 내가 슬쩍 한번 쳐다만 봐도 얼굴이 금방 홍시처럼 빨개지고는 한다. 바보 같이...

<그 아이>

난 그 애가 좋다.

죽은 우리 엄마를 많이 닮은 것 같다.

그래서 그런지 그 애만 보면 엄마가 다시 살아 온 것처럼 그렇게 반갑고 행복할 수가 없다. 그런데... 그 애는...

내가 고아여서 그런가? 아니면 잘 닦지 않아 몸에서 이상한 냄새가 나서 그런가?

헤어진지 한 달

여전히 마음 한구석에
구멍이 뚫린 듯한데
당신은 어떻게...
나와의 시간들을 비울 수 있을까...
잊을 수 있을까.

저녁에 엄마가 당신 소식 묻기에
헤어졌다고 말했어.
서로... 그냥 좋게 헤어졌다고...
그 말 한마디를 하면서
속으로... 얼마나 울었던지...
숨이 막혀 죽는 줄 알았어

정말 사랑했다고
미치도록 짝사랑하고...
겨우 이룬 기적이 부서졌다고...
태어나 첨으로 하나님께
감사드린 사랑이지만
이렇게 빨리 내 곁에서

사라져 버릴 줄은 몰랐다고...
사랑한다고
아직도 사랑한다고...
그 말만은 차마 엄마에게
할 수가 없었어.

나만큼이나 가슴 아파하실 테니까.
그냥... 살아가 보려고 해
당신이 잘 지내라고 말한 것처럼...

나도...
혼자...
그렇게...

사랑 따윈 잠시 잊고...

010-7xxx-xxxx...

줄기차게 울리는 벨소리
낯익은 번호
심장 박동수가 빨라진다.

그녀다.
마음이 찡했지만...
받지 않았다.
그녀와 내가 정말 인연이 있다면...
언젠가는 다시 만날 수 있겠지

어느 낯선 거리를
거닐다가 거짓말처럼...
그게 인연이고...
사랑의 시작이니까...

그녀가 남긴 음성을
계속 반복해서 들으면서...
바보처럼 또 흐느낀다

우린...
정말 왜 이렇게 힘들게
그만 만나야 할까?
평소에 나쁜 짓을 많이
한 것도 아닌데...

이제 겨우...

이틀밖에 지나지 않았는데도
너무 힘들고 아프다.

괴로움이야말로 인생이다. 인생이 괴로움이 없다면 무엇으로써
또한 만족을 얻을 것인가? -도스토예프스키-

이별하던 날 내가 웃음을 보였던
5가지 이유

그래야 흐르는 눈물을
숨길 수 있을 거 같아서

그래야 우리 사랑
비참하지 않을 거 같아서

그래야 네가 편히 갈 수
있을 것 같아서

그래야 네가 날 잊을 수
있을 것 같아서

그리고 마지막 다섯 번째는
내가 자존심 다 팽개치고
눈물로 애원해도
어차피 떠날 너라는 걸
그 누구보다도
잘 알고 있었으니까.

충고

술을 마시는 사람보다는
술을 끊은 사람을 조심하세요

담배를 피우는 사람보다는
담배를 끊은 사람을 조심하세요

도박을 즐기는 사람보다는
도박을 끊은 사람을 조심하세요

그렇게 독한 사람이라면
분명 이별이 찾아 왔을 때
너무도 쉽게 당신을 잊어버릴 테니까요.

내 사랑은

밤하늘에 떠있는 별들을 한번 세어 봐
만약 너와 헤어진다면
아마 난 그 숫자만큼의
날들을 아파하게 될 거야

바닷가에 있는 모래알들을 한번 세어 봐
너를 다시 못 만난다면
아마 난 그 숫자만큼의 날들을
눈물로 지새우게 될 거야

세상에서 누가 가장 오래 살았나 알아봐
널 잊으라 하면
아마 난 그 나이 될 때까지는
그래도 널 기억하고 있을 거야

그리고 지금껏 네가 세었던
그 모든 숫자들을 한번 더해 봐
그게 지금 널 사랑하고 있는 내 마음이야.

왜목마을 6

그냥 그 모습 그대로
오직 그 모습 그대로 나타나
지금까지 가만히 바다를
내려다만 보고 있는 하늘

늘 변함없는 그 모습...
바다와 하늘의 사랑이 그렇다.

사랑에는 네 가지가 있다. 정열적인 사랑, 취미의 사랑, 육체의 사랑, 허영의 사랑이 그것이다. -스탕달-

왜목마을 7

하늘만 좋다고,
한 평생을
한 결 같은 눈빛,
한 결 같은 몸짓으로
저리 처연히 누워
오직 하늘만
바라보고 있는 바다.

종교는 논리가 아니라 시라는 것을 기억하라. 그것은 철학도 아
니요, 예술이다. -라즈니시-

왜목마을 8

내 마음 속
그대 향한 그 지독한 그리움
어느 날 밤
왜목마을 앞 바다에
몰래 던져버리고 왔더니
다른 이들이 버린
그 그리움까지
다 내 것이 되어 돌아왔네.

사랑은 신뢰의 행위다. 신이 존재하느냐 않느냐는 아무래도 좋다. 믿
으니까 믿는 것이다. 사랑하니까 사랑하는 것이다. 대단한 이유는 없
다. -로망 롤랑-

왜목마을 9

왜목마을에 가면
온통 추억에 젖은 이들의
눈빛만 보인다.

왜목마을에 가면
술에 취해 비틀거리는 사람보다
추억에 취해
비틀거리는 사람들이
곱절은 더 많다.

사랑은 신뢰의 행위다. 신이 존재하느냐 않느냐는 아무래도 좋
다. 믿으니까 믿는 것이다. 사랑하니까 사랑하는 것이다. 대단한
이유는 없다. -로망 롤랑-

엄마의 결혼식

*

이혼한지 3년이 조금 지났다.

이혼한 여자의 몸으로 사내아이 키우며 생
활하는 게 많이 힘들지만 그래도 아직은 견
딜 만하다.

무엇보다도 영민이가 아빠 없이도 씩씩하
게 잘 커줘서 얼마나 다행인지 모르겠다.

*

오늘 영민이가 유치원에서 울며 돌아왔다.
친구들과 싸웠는데 자기보고 아빠도 없는 애
라고 놀렸기 때문이라고 한다. 전에도 그런
적이 몇 번 있었는데...

*

영민이 때문에 속상해하고 있는데 그가 제
과점 안으로 들어왔다.

빵을 무척이나 좋아하는 사람 같다. 하루도
빠짐없이 한 아름의 빵을 사가고 있으니 말
이다.

폭력을 휘두르던 전남편과는 달리 너무나
도 자상하고 예의 바른 남자 같다.

누가 그의 부인이 될지는 모르겠지만 참
행복할 것 같다.

*

오늘 그가 내게 프러포즈를 했다.

전혀 뜻밖이다.

조금은 당혹스럽고 떨렸지만 기분이 그리
나쁘지는 않았다. 하지만 난 그에게 그 어떤
말도 해줄 수가 없었다.

영민이 때문이었다.

*

거짓말처럼 그가 자꾸만 좋아진다.

사는 게 죽도록 힘들었는데 그를 만난 후
부터 사랑이란 단어를 다시 가슴에 품을 수
있게 된 것 같다.

그만 보면 깡마른 내 가슴이 왜 그리도 따
뜻해져 오는지...

하지만...

*

그가 날 자신의 집으로 데려갔다.

자기 아버지 생신이라며... 집안도 부유해 보였고 가족들 모두 좋은 사람들 같았다.

그는 날 자신과 결혼할 사람이라고 소개했다. 난 아직 마음의 준비가 되어있지 않은데...

*

그 사람의 누이가 가게로 찾아왔다.

내가 이혼녀이며, 자식까지 있다는 것을 알았나 보다. 예전에 그 좋아 보이던 얼굴로 다신 그와 만나지 말라고 짤막하게 경고하고는 사라졌다.

그녀가 무심결에 내 뱉은 한마디가 목구멍의 가시처럼 하루 온종일 날 아프게 만들었다.

'애 딸린 이혼녀 주제에 감히 누굴...'

*

그가 날 찾아와 미안하다고 사과했다.

그러면서 영민이와 함께 어디 먼 곳으로
도망가서 셋이 행복하게 살자고 했다.
  내가 힘들어하고 있는 것이 안타까운지 그
의 눈가에 이슬이 맺혔다. 아무래도 나보다
그가 날 더 많이 사랑하는 것 같다.

  *

  술을 마셨다.
  그 사람이 그리워서... 외로워서...
  그리고 산다는 게 너무 힘들어서...
  거실에 앉아 흐느껴 울고 있는데 잠에서
깨어 화장실에 가던 영민이가 내게 물었다.
  "엄마, 왜 안자고 그렇게 울어?"

  *

  그는 단식하고 회사를 결근하면서까지 가
족들을 설득하려고 했다. 아니 협박을 한 것
같다. 나와 결혼 안 시켜 주면 죽어버리겠다
고... 그의 누이가 찾아와 내게 그런다.
  "좋아요, 두 사람 뜻대로 해요. 대신 아이
는 애 아빠에게 줘요."

*

그를 포기하고 싶지 않았다.

아프지만... 그래도 그 사람 사랑하니까...

밤 새 자는 아이를 쳐다보며 울고 또 울었다. 미안했지만 어쩔 수가 없었다.

아침 일찍 전에 헤어졌던 영민이 아빠에게 전화했다.

"나... 사랑하는 사람 생겼어... 이제 영민이 당신이 데려다 키워..."

*

유치원에서 돌아오는 영민이를 데리고 놀이공원에 갔다. 가게 일 때문에 그렇게 가자고 졸라도 못 가던...

영민이가 너무 좋아하고 행복해했다.

그래서 더 가슴 아팠다.

그래서 잠시도 눈물이 멈추지 않았다.

이제 좀 모질어져야 하는데...

*

애 아빠에게 영민이를 넘겨주기로 약속한

롯데리아로 갔다. 어린이 세트 하나를 시켜주었다.

애 아빠가 오기만을 기다리고 있는데, 영민이가 화장실에 잠깐 다녀온다면서 자리에서 일어섰다.

창 밖을 보니 저 멀리에서 애 아빠가 걸어오는 모습이 보였다.

나 혼자 행복하고 싶어 영민이를 버리는 것 같아 가슴이 찢어지듯 아팠지만 어쩔 수가 없었다.

'영민아! 미안해...'

*

택시를 타려고 하는데 저 멀리서 아이의 울음소리 같은 것이 들려왔다.

영민이었다. 난 서둘러 택시에 몸을 실었다. 영민이는 한 손에 무엇인가를 움켜쥐고 있었다. 눈물을 흩뿌리며 달리는 택시를 계속해서 좇아왔다.

그러다 결국엔 바닥에 넘어졌다.

"엄마..."

*

　결혼식 날이다.

　아침부터 계속해서 비가 내리고 있었다.

　영민이를 생각하자 그동안 참았던 미안함
이 서러운 눈물 되어 쏟아져 나왔다.

　결혼식이 끝나고 막 신혼여행을 떠나려 할
때였다. 낯익은 얼굴 하나가 불쑥 내 앞에 나
타났다. 영민이 고모였다.

　"자 이거..."

　　*

　쌍화탕과 알약이 들어있는 약봉지와 한 통
의 편지였다. 약 봉지 안에 들어있는 쌍화탕
을 만져보니 따뜻한 온기가 느껴지고 있었다.

　마치 방금 전에 산 것처럼...

　"엄마! 결혼 축하 해...

　근데 전에 왜 말도 않고 그렇게 도망갔어.

　나 사실은 전날 아빠가 엄마 그 아저씨한
테 시집간다고 말해줘서 다 알고 있었어.

그런데도 내가 모르는 척 엄마를 따라 놀이공원에 갔던 건 엄마랑 조금이라도 더 같이 있고 싶었기 때문이었어.

조금이라도 더 봐둬야 나중에 내가 커서 어른이 되더라도 엄마 모습 잊어버리지 않을 거 아냐.

그래야 엄마가 날 알아볼 수 있을 것만 같아서... 눈물이 막 나오려는 것을 억지로 참으며 따라 갔던 거야.

그리고... 그 날... 택시 타고 가는 엄마를 그렇게 따라갔던 건... 엄마에게 줄려고 샀던 감기약을 전해주기 위해서였어.

엄마 며칠 전부터 계속해서 기침하고 많이 아파 했잖아. 맨날 아무 것도 안 먹고 계속해서 울기만 하더니...

그래서 화장실에 간다고 거짓말하고는 약국에 가서 엄마에게 줄 감기약이랑 쌍화탕 사왔던 건데... 사실은 며칠 전에도 엄마 목소리라도 듣고 싶어서 몰래 전화 한적 있었어. 근데 엄마가 계속 기침만 해서 아무 말도 못하고 그냥 끊어버렸어.

엄마! 만약 아직도 감기 안 나았으면 내가 고모에게 전해 준 약 먹고 빨랑 나아.

그래서 결혼식도 잘 하구... 나중에 엄마랑 결혼하는 그 아저씨랑 오래오래 행복하게 잘 살기 바래. 난 엄마가 보고 싶어도 꾹꾹 참으며 씩씩하게 잘 지낼 테니까 내 걱정은 조금도 하지 말구... 알겠지?

차암... 마지막으로 엄마에게 부탁이 하나 있어. 엄마! 나중에... 나중에 말야. 그러니까 엄마와 그 아저씨 사이에서 예쁜 아기가 생겨도 말야.

나보다도 그 애를 더 좋아하면 안 돼. 그 애가 아무리 귀엽고 이뻐도 날 더 많이 생각해 줘야 돼. 아주 눈곱만큼 만이라도 더...

그래도... 그 녀석은 엄마보고 엄마라고 부를 수 있지만 난 이제 아니잖아.

밤에 잠이 잘 안 오면 그 녀석은 엄마가 자장가를 불러주겠지만... 난... 난...

그러니까 절대로 나보다 그 녀석을 더 좋아하면 안 돼! 알겠지? 약속이다 약속!!

엄마, 그럼 안녕...

이제부터는 제발 아프지 말고 오래오래 행복하게 잘 살아...

이 세상에서 엄마를 젤 사랑하는 아들 영민이가."

＊

그때였다. 차에 오르려고 하는데 저 멀리에서 우산도 없이 우두커니 서 있는 한 아이가 보였다.

아이는 내리는 비를 다 맞으며 바르르 몸을 떨고 있었다. 마치 지독한 몸살감기에 걸려 심하게 기침이라도 하고 있는 것처럼...

아이는 내가 서있는 곳을 가만히 바라보더니 하얀 손을 살짝 한번 흔들어 보였다.

내가 탄 차가 사라질 때까지 세차게 쏟아지는 빗속에서 그렇게 손을 흔들어 주고 있었다.

'아......'

스치듯 인연에서 농반까지

인쇄일   2022년 9월 2일
발행일   2022년 9월 7일
저 자   최정재
발행처   뱅크북
신고번호   제2017-000055호
주 소   서울시 금천구 가산동 시흥대로 104다길 2
전 화   (02) 866-9410
팩 스   (02) 855-9411
이메일   san2315@naver.com